AF377666

ALBERT CAMUS

Del ciclo de lo absurdo a la rebeldía

Por Eve Tiberghien
En colaboración con Gauthier De Wulf
Traducido por Laura Soler Pinson

Arte y literatura   50MINUTOS.es

ALBERT CAMUS

- **¿Nacimiento?** Nacido el 7 de noviembre de 1913 en Mondovi, actual Drean (Argelia).
- **¿Muerte?** Fallecido el 4 de enero de 1960 en Villeblevin (Francia).
- **¿Contexto?** La vida de Albert Camus se inscribe en un doloroso contexto de guerras: nace en vísperas del primer conflicto mundial, vive sus primeros éxitos literarios durante la guerra de 1940-1945, y los últimos años de su vida están marcados por la guerra de independencia de su tierra natal, Argelia. En el plano literario, pertenece a la corriente existencialista y desarrolla la escritura de lo absurdo.
- **¿Obras principales?**
  - *El mito de Sísifo* (1942)
  - *El extranjero* (1942)
  - *Calígula* (1945)
  - *La peste* (1947)
  - *Los justos* (1949)
  - *La caída* (1956)

Albert Camus, galardonado con el premio Nobel

de Literatura en 1957, es uno de los escritores franceses más importantes del siglo XX. Camus, que también es periodista, filósofo y director de teatro, es autor de ensayos, de novelas, de novelas cortas y de obras de teatro en las que desarrolla su famosa filosofía de lo absurdo.

El escritor, que proviene de un ambiente pobre y popular, nace en la Argelia francesa de una madre analfabeta y se queda huérfano de padre antes de cumplir un año. Camus no parecía destinado a una brillante carrera intelectual. Sin embargo, gracias a unos profesores que perciben en él aptitudes literarias fuera de lo común, inicia estudios superiores y empieza a escribir. Sus primeras obras, *El revés y el derecho* y *El verano de bodas*, se publican en 1937 y en 1938 respectivamente, pero será con *La peste* en 1947 cuando obtenga la fama y el reconocimiento de la crítica.

Primero se le relaciona con la corriente existencialista, de la que Jean-Paul Sartre (1905-1980) es la figura destacada, pero se enemista con los escritores del grupo por su crítica de la política totalitaria de la URSS. Camus, comprometido con las luchas de su época, escribe en los periódicos de la Resistencia durante la Segunda Guerra

Mundial, denuncia el franquismo y el estalinismo, se opone a la independencia de Argelia, se subleva contra el uso de la bomba atómica en Hiroshima y, entre otros, lucha a favor de la abolición de la pena de muerte. Pero su combate contra cualquier tipo de injusticia termina trágicamente en 1960, cuando fallece en un accidente de coche con tan solo 46 años.

CONTEXTO

UN SIGLO DE GUERRAS

De la Belle Époque a la Primera Guerra Mundial

A principios del siglo XX, Europa está en su punto más álgido. Es el final de la Belle Époque, un periodo marcado por el progreso en todas las áreas: descubrimientos científicos y tecnológicos, crecimiento económico y avances sociales. Sin embargo, una amenaza latente pesa sobre el Viejo Continente y surgen rivalidades. La empresa colonialista, que no ha beneficiado a todos los países europeos por igual, ha generado tensiones y celos. Los nacionalismos son exacerbados y, en estas circunstancias, un incidente *a priori* secundario basta para hacer estallar el polvorín.

El 28 de junio de 1914, un joven serbio asesina al heredero del Imperio austrohúngaro Francisco Fernando (1863-1914) en Sarajevo, Bosnia. Entonces, Austria-Hungría declara la guerra a Serbia y, rápidamente las distintas potencias europeas se dividen en dos bandos: por una parte el Imperio alemán y el Imperio austrohúngaro y, por otra, Francia, Reino Unido y Rusia. Empieza la Primera Guerra Mundial, que durará cuatro años y que tendrá consecuencias a nivel mundial.

De los felices años veinte al terror dictatorial

Tras el conflicto, en 1918, el Tratado de Versalles modifica entre otras cosas el mapa de Europa: Alemania se ve despojada de gran parte de su territorio en provecho de los vencedores, el Imperio austrohúngaro se disuelve y se crean nuevos Estados (Polonia, Finlandia, Estonia, Austria, Hungría, Checoslovaquia, etc.).

En los años veinte, Europa va resurgiendo de sus cenizas poco a poco. En Francia, se viven los felices años veinte: el pueblo, cansado de la guerra, quiere disfrutar de la vida. Pero la euforia dura poco. En 1929, el crac bursátil de Wall Street lleva a una crisis económica mundial que vuelve a provocar un aumento de los nacionalismos. En Italia, donde el fascismo lleva instalado desde principios de los años veinte, se pone en marcha una política de autarquía. En Rusia, Josef Stalin

(1879-1953) concentra los plenos poderes e instaura un ambiente de terror. En una Alemania todavía humillada por la derrota de la Primera Guerra Mundial, Adolf Hitler (1889-1945) sube los peldaños del poder e impone la ideología nazi. Para acabar, en España estalla una guerra civil en la que se enfrentan los nacionalistas y los republicanos, y que deriva en la dictadura de Franco (1892-1975) en 1939.

De la Segunda Guerra Mundial a la descolonización

El 1 de septiembre de 1939, Alemania invade Polonia: se trata del inicio de la Segunda Guerra Mundial. Rápidamente, la mayoría del resto de potencias europeas y, más adelante, Estados Unidos, entran en el conflicto. Además de causar un gran número de víctimas civiles y militares, en esta guerra se organiza el crimen masivo en los campos de concentración y de trabajo nazis. Cerca de seis millones de judíos mueren en ellos (es decir, las tres quintas partes de la población judía de Europa en aquel momento), así como muchos gitanos, oponentes políticos y otros miembros de minorías. Francia es liberada por los Aliados en 1944 y la guerra termina en 1945.

Rápidamente, surgen dos grandes potencias en la escena internacional: Estados Unidos y la URSS. Un telón de acero divide a Europa entre el régimen comunista de la URSS y de algunos de sus vecinos y los países no comunistas. Entre Estados Unidos y la URSS estalla una guerra fría, es decir, un periodo de tensiones sin conflicto militar directo que durará hasta 1989, año en el que cae el comunismo en toda Europa.

Pero el periodo de la posguerra también se ve marcado por la descolonización. Muchos países de Asia y de África buscan emanciparse de las potencias europeas de las que dependen. En algunas colonias francesas, se asiste a conflictos particularmente sangrientos: la guerra de Indochina, de 1946 a 1954, y, justo después, la guerra de Argelia, de 1954 a 1962, que llevan a ambos a la independencia de las antiguas colonias.

DEL SURREALISMO AL EXISTENCIALISMO

En el ámbito cultural, la primera mitad del siglo

XX viene marcada por el nacimiento del movimiento surrealista. Este último, que se desarrolla en todas las artes, es heredero de la corriente nihilista dadaísta, que funda en 1916 Tristan Tzara (1896-1963) como reacción a los horrores de la guerra y que busca condenar a la sociedad que ha llevado a una masacre de este calibre. Por su parte, el surrealismo aparece poco después del final del conflicto, dentro de un círculo de poetas formado en origen por André Breton (1896-1966), el teórico del movimiento, Philippe Soupault (1897-1990) y Louis Aragon (1897-1982). Influidos por las teorías psicoanalíticas de Sigmund Freud (1856-1939), los escritores surrealistas exploran la imaginación y liberan el inconsciente. Pero no se limitan a revolucionar el arte, sino que también quieren transformar el mundo. Al sublevarse contra los valores burgueses, el surrealismo mantiene vínculos estrechos con la política, y muchos representantes del movimiento se unen al comunismo, que les parece la mejor opción para progresar hacia una mejora de la condición humana. No obstante, se producen desacuerdos en el grupo por su relación con el comunismo y en 1947 se produce su declive.

En ese mismo momento, surge otra corriente, exclusivamente filosófica y literaria, cuyos representantes más importantes son Albert Camus y Jean-Paul Sartre: se trata del existencialismo. Este movimiento, que nace tras el final de la Segunda Guerra Mundial, ya empieza a brotar en los años treinta, cuando aparece una literatura marcada por un cuestionamiento sobre la condición humana y el sentido de la existencia, en un momento caracterizado por el auge de los extremismos, la crisis económica y los problemas sociopolíticos. El existencialismo se presenta como una respuesta al sentimiento de angustia de los hombres frente a lo absurdo de la vida. Es Jean-Paul Sartre el primero que teoriza acerca de esto en su ensayo *El ser y la nada*, publicado en 1943. Tal y como lo expresa el escritor en una frase que se vuelve famosa, «la existencia precede a la esencia» (Boutot 1991, 38). Así, el hombre no tiene que cumplir un destino que esté escrito de antemano; simplemente «es», lo que significa que tiene la libertad de elegir y de actuar y que es totalmente responsable de su existencia que, por otra parte, no parece tener un propósito. En efecto, Dios no existe y la vida humana no es más que un caos desprovisto de sentido. Sin embargo, para Sartre, por muy dolorosa que resulte, esta observación de falta de sentido de la existencia es fundamental. Debe llevar al hombre a utilizar su libertad de la mejor manera posible, es decir, a comprometerse en los planos moral, social y político. Por consiguiente, existencialismo rima también con compromiso político, al igual que el surrealismo que le precede.

| Fotografía de Jean-Paul Sartre en 1950.

BIOGRAFÍA

UNA INFANCIA POBRE

| Fotografía de Albert Camus tomada en 1957.

Albert Camus nace el 7 de noviembre de 1913 en Mondovi, en Argelia, que entonces es una colonia francesa. Su padre muere en combate al principio de la Primera Guerra Mundial, durante la batalla del Marne (en septiembre de 1914), dejando a su mujer sola con sus dos hijos. Esta, analfabeta y parcialmente sorda, vuelve a casa de su madre en Argel, donde trabaja como mujer de la limpieza para cubrir las necesidades de su familia. Es la abuela de Albert Camus, una mujer autoritaria y dominante, la que se encarga de la educación de sus nietos. La infancia del futuro escritor se compone de placeres sencillos: juega con sus compañeros en los barrios pobres de Argel y caza con su tío materno, un obrero sordomudo.

En la escuela, Louis Germain, su profesor, se da cuenta de su talento cuando Camus tan solo tiene diez años e incita a la familia del joven a que le permita seguir sus estudios. Camus ingresa entonces en el instituto Bugeaud, en Argel. Pero, a finales de 1930, descubre que está enfermo de tuberculosis. En un momento en el que todavía no se conoce ningún tratamiento fiable para curar esta enfermedad, toma conciencia de la fragilidad de la existencia. Es enviado convaleciente a casa de su tío Gustave Acault, un carnicero amante de la literatura que le contagia su pasión por los libros. Cuando Camus vuelve al instituto, conoce a Jean Grenier, un joven profesor de filosofía que observa a su vez el talento de su alumno. Gracias a este profesor, publica sus primeros textos en la revista *Sud* en 1932, año en el que aprueba el bachillerato.

LOS INICIOS LITERARIOS

En 1934, Camus se casa con Simone Hié, una joven toxicómana de la que se ha enamorado. Como su tío ya no lo acepta en su casa, el joven ejerce distintas profesiones para subsistir. En paralelo, se inscribe en clases de filosofía en la universidad, escribe y frecuenta un grupo de jóvenes intelectuales de Argel, entre los que se encuentran Max-Pol Fouchet (1913-1980) y el editor Edmond Charlot (1915-2004).

En 1935, en la época en la que redacta *El revés y el derecho*, se une al Partido Comunista argelino y funda el Teatro del Trabajo, para el que adapta *El tiempo del desprecio* (1935), de André Malraux (1901-1976) y escribe *Rebelión en Asturias* (1935). Al año siguiente, obtiene su título gracias a una tesis llamada *Metafísica cristiana y neoplatonismo*, y se separa de Simone Hié.

En 1937 rompe también la relación con el Partido Comunista, lo que pone un punto final a la aventura del Teatro del Trabajo. En ese mismo año, publica *El revés y el derecho*, una serie de ensayos sobre el barrio argelino donde vive, y escribe los primeros borradores de la novela *El extranjero* (1942) y de la obra *Calígula* (1945). Poco después, conoce a Pascal Pia (1903-1979), director del periódico *Alger Républicain*, que lo contrata como periodista. En 1939, Camus publica *Miseria de Cabilia*, un reportaje en el que denuncia las condiciones de vida de los argelinos, y también una recopilación de ensayos, *El verano de bodas*.

ENTRE TORMENTO Y ÉXITO

En 1940, poco después de la declaración de guerra de Francia a Alemania, el *Alger Républicain* es prohibido. Entonces, Camus se muda a Lyon para convertirse en periodista de *Paris-Soir*. Allí se casa con Francine Faure. Al año siguiente, termina la redacción de su ciclo de lo absurdo, que está compuesto por *El malentendido*, *El extranjero* y *El mito de Sísifo*. Estas dos últimas obras se publican un año más tarde, en 1942, cuando Camus se refugia en Le Chambon-sur Lignon, en zona que hasta ese momento era libre. Desgraciadamente, el ejército alemán termina por instalarse ahí y el escritor se ve obligado a mantenerse separado de su esposa, que se encuentra en Orán. A partir de ahí, emplea su tiempo en redactar *La peste* y frecuenta los círculos literarios de la región. Allí conoce a Jean-Paul Sartre y a su pareja, la escritora Simone de Beauvoir (1908-1986), con la que entabla una amistad, y a otros escritores famosos de la época. En paralelo, participa en la Resistencia al escribir para el periódico clandestino *Combat*.

| Jean-Paul Sartre y Simone de Beauvoir hablando con el Che Guevara en 1960.

En 1944, se publican *Calígula* y *El malentendido*. Cuando se escenifica este último texto en el teatro, el escritor inicia una relación con una de las intérpretes de la obra, María Casares (1922-1996). Pero vuelve con su esposa poco después, con quien tiene gemelos en septiembre de 1945, Catherine y Jean. Ese mismo año, es uno de los pocos personajes célebres de Occidente que condena el uso de la bomba atómica en Hiroshima.

Aunque *Calígula* supone para Camus su primer triunfo en el teatro, el autor no obtendrá la consagración literaria hasta 1947, gracias al éxito monumental de *La peste*.

LA NOSTALGIA DE ARGELIA

El que Camus sea un escritor que obtiene el reconocimiento a partir de finales de los años 1940 no quiere decir que sea un hombre completamente feliz. En efecto, alberga en él la nostalgia de Argelia: echa de menos los paisajes y el calor, algo que se refleja en textos con tintes melancólicos publicados en recopilaciones de ensayos y de novelas breves: *El verano*, en 1954, y *El exilio y el reino*, en 1957.

En 1951 también publica *El hombre rebelde*, un ensayo que le cuesta el enfado con Sartre, ya que pone en entredicho la revolución marxista. Camus, que recibe duras críticas por parte de los filósofos de la época, también sufre de lleno los problemas que marcan el inicio de la guerra de Argelia en 1954. Alza la voz en este contexto doloroso para llamar a una resolución pacífica del conflicto. Sin embargo, el proyecto de tregua civil con el que soñaba fracasa y renuncia a continuar su lucha. En su lugar, se lanza a la redacción de *La caída*, un texto publicado en 1956 que revela una visión muy oscura de la humanidad. Al año siguiente, recibe el premio Nobel de Literatura, que dedica a su profesor Louis Germain. Este premio es criticado en los círculos intelectuales de la época, tanto de derechas como de izquierdas, algo que duele al escritor.

| Albert Camus en 1957.

En 1960, cuando vuelve junto a su amigo Michel Gallimard de Lourmarin, donde ha comprado una pequeña propiedad, ambos fallecen en un trágico accidente de coche.

En 2009, el presidente francés Nicolas Sarkozy (nacido en 1955) quiso trasladar las cenizas de Albert Camus al Panteón. Pero el hijo del escritor, Jean Camus, se negó al temer una utilización política del acontecimiento. Por su parte, su hija Catherine no se pronunció.

CARACTERÍSTICAS

UN TEMA OBSESIVO: LO ABSURDO

En los textos de Albert Camus, las ideas siempre ocupan un lugar central, mientras que las florituras de estilo quedan relegadas a un segundo plano. Su lengua es bastante neutra y *El extranjero* se erige como modelo de ello. De hecho, este aspecto inspira al crítico literario y semiólogo Roland Barthes (1915-1980) la expresión-título de su célebre obra *El grado cero de la escritura* (1953). En efecto, aunque el estilo de Camus está plagado de notas poéticas, por lo general es bastante seco, impersonal y monótono:

> «Cuando ya estábamos vestidos, se sorprendió al verme con una corbata negra y me preguntó si iba de luto. Le dije que mamá había muerto. Quiso saber cuando [*sic*], y le respondí: "Ayer". Hizo un ligero movimiento, pero ningún comentario» (Camus en Cortés 2008).

No obstante, esta estética cobra todo su sentido cuando analizamos el propósito de sus escritos.

En efecto, todas las obras de Albert Camus, ya sean teatrales, novelescas o filosóficas, remiten a la noción de absurdo que el autor define en 1942 en *El mito de Sísifo*.

Según él, lo absurdo surge al tomar conciencia de que el destino del hombre se inscribe en el tiempo y de que, desde su nacimiento, el hombre avanza irremediablemente hacia su muerte. El hecho de que haya nacido para morir convierte su condición en absurda inevitablemente. Lo es todavía más porque, de forma innata, es un ser que busca sentido y que siempre se choca contra la irracionalidad del mundo. Para el escritor, no cabe considerar la idea de una verdad superior que daría un sentido a la existencia: solo tenemos esta vida y nada más. Para acabar, incluso las acciones humanas son vanas. Los hombres repiten cada día los mismos gestos, sin un propósito. Su vida entera no es más que una sucesión de costumbres que los llevan a la muerte.

Por consiguiente, surgen preguntas: ¿para qué gastar energía y aceptar los sufrimientos que genera la existencia si, aun así, estamos destinados a morir? A través de su obra y, más en particular, en *El mito de Sísifo*, *El extranjero*, *Calígula*, *El malentendido* y *La peste*, Camus aborda constantemente estas problemáticas. Por este motivo, sus textos se inscriben de lleno en la literatura de los años 1930 y 1940.

EL HUMANISMO Y LA REBELIÓN COMO RESPUESTAS A LO ABSURDO

Lejos de sugerir a los hombres que se resignen a sufrir su condición, Albert Camus les recomienda que sean lúcidos, es decir, que reconozcan lo absurdo de su existencia. Para él, la mejor respuesta a lo absurdo reside en ser conscientes de ello y en aceptarlo. Su filosofía se niega a adoptar las dos otras soluciones que el hombre podría contraponer a lo absurdo como vía fácil: el suicidio —un tema que desarrolla ampliamente en *El mito de Sísifo* y que todavía se encuentra en el centro de *La caída*— como respuesta a la falta de sentido de la vida y la religión como intento de darle uno. Según Albert Camus, hay que ser un hombre absurdo. Esto implica vivir intensamente dejándose llevar por la pasión, luchar para mantener la libertad y afrontar la irracionalidad de la condición humana a través de la rebelión.

Así, antes que nada, el escritor invita al ser humano a que acumule experiencias y a que las viva de lleno, con pasión. Sin embargo, esta necesidad de experimentar la mayor cantidad de cosas posible no legitima todo. De hecho, se debe establecer un límite para todos los actos: el humanismo, que se basa en el reconocimiento de un valor inviolable, el de la naturaleza humana. En efecto, Camus incita a sus semejantes a que luchen por un mundo más justo, a comprometerse para llegar a crear una sociedad más justa, donde los derechos de todos los hombres se respetarían. Destaca especialmente este humanismo en *La peste*, *El estado de sitio* (1948), *Los justos* y *El hombre rebelde*, y durante toda su vida se implica personalmente en numerosas guerras a favor de la justicia. Cuando invita a los hombres a que adopten este valor para que guíe todas sus acciones, está descartando el crimen y el hecho de sustraerse al deber.

Con respecto a la libertad que tanto intenta mantener, Albert Camus la define como un rechazo a dejarse atrapar por la rutina y los prejuicios. Para acabar, la rebelión que predica nace de un cuestionamiento constante del individuo ante la vanidad de su existencia, y gracias a esa sublevación el ser humano se ve obligado a ir hasta el límite de sus capacidades y a superarse.

OBRAS SELECCIONADAS

EL EXTRANJERO

A partir de 1937, Albert Camus toma nota de lo que se convertirá en el guion de *El extranjero*. En esta época, está ocupado escribiendo su primera novela, *La muerte feliz*, parecida a *El extranjero* por sus temas y cuya redacción acaba abandonando para dedicarse a esta nueva obra que se publicará en 1942.

El relato se inicia con la muerte de la madre de Meursault, el protagonista. Este asiste al funeral sin mostrar la más mínima señal de tristeza. A continuación, acepta testificar ante la policía a favor de su vecino, Raimundo Sintès, que ha pegado a su amante. Entonces, Raimundo invita a Meursault y a su amiga, María, a pasar un día en la playa. Ese día, Raimundo y un conocido suyo se pelean con dos árabes junto al mar. Poco después, bajo un calor abrumador, Meursault se cruza con uno de los dos hombres y este, que se siente amenazado, saca su cuchillo. Meursault dispara varias veces y mata al árabe. Es arrestado y, tras el juicio, es condenado a muerte.

Al igual que el ensayo de *El mito de Sísifo* y la obra de teatro *Calígula*, *El extranjero* pertenece a lo que Camus llama el ciclo de lo absurdo. En efecto, estas tres obras le permiten desarrollar y representar su filosofía de lo absurdo. Además, *El extranjero* puede relacionarse con *La náusea* (1938) de Jean-Paul Sartre. Las dos novelas establecen la observación de la ausencia de sentido de la vida, a la vez que rechazan cualquier refugio en la religión. Sin embargo, se diferencian en la descripción del mundo que rodea a los personajes. Mientras que los protagonistas de Sartre evolucionan en un universo gris, sucio y feo, Meursault, por su parte, vive en bellos paisajes iluminados por el sol.

Además, en *El extranjero*, no solo se trata el tema de lo absurdo de la vida humana, sino que también están presentes los relacionados con la sensualidad, lo que crea una paradoja entre el estilo bastante seco de la novela y esta ardiente evocación de los sentidos. Así, Meursault toma sus decisiones en función de los placeres sensuales que experimenta. No quiere a su pareja María, pero se queda con ella, ya que le produce una sensación positiva sentir su cuerpo contra el suyo. De hecho, esta es sin duda la razón por la que acepta casarse con ella. Asimismo, también la gusta mucho la sensación del sol sobre su piel, el olor del salitre o la vista del mar y de los paisajes cálidos de Argelia. Si mata a un hombre, quizás es precisamente porque en ese momento fatídico no siente esa armonía con la naturaleza a la que ama tanto. Tiene demasiado calor, el sol le molesta, le quema las mejillas y lo ciega. Entonces, hostilidad de su entorno le conduce a lo peor; es él quien se vuelve agresivo hacia el mundo externo a través de un gesto que va a cambiarlo todo.

UNA OBRA DE CULTO

En 1967, el director italiano Luchino Visconti (1906-1976) lleva la adaptación de *El extranjero* al cine, con Marcello Mastroianni (1924-1996) en el papel principal. La novela también se adapta al cómic en 2012 a manos de José Muñoz y en 2013 a cargo de Jacques Ferrandez. Además, es uno de los libros más estudiados en los institutos franceses.

EL MITO DE SÍSIFO

| *Sísifo*, obra de Tiziano realizada entre 1548 y 1549, y conservada en el Museo de Prado de Madrid.

Albert Camus redacta *El mito de Sísifo* entre 1938 y 1941 en el mismo contexto revuelto que en el que escribe *El extranjero*, y ambas obras son publicadas el mismo año. *El mito de Sísifo*, que también se inscribe en su ciclo de lo absurdo, debe aportar una luz filosófica a la historia de Meursault y, más en general, exponer la visión del autor acerca de la condición humana. Para ello, este se basa en el pensamiento de diversos escritores, en las obras novelescas de Fiódor Dostoyevski (1821-1881) y de Franz Kafka (1883-1924), en el mito de don Juan y, también, en el mito griego de Sísifo.

En efecto, Camus relata la historia de Sísifo. Este, tras haber desafiado a los dioses, se ve condenado por toda la eternidad a empujar hasta la cima de una colina una pesada roca que vuelve a caer cada vez que está a punto de llegar a lo alto. El escritor interpreta este mito como el reflejo de la vida humana, percibida como una absurda sucesión de gestos rutinarios, repetidos día tras día, sin ningún propósito. Sin embargo, invita a sus lectores a que se imagen un Sísifo feliz, ya que, a fuerza de repetir constantemente los mismos gestos, toma conciencia de lo absurdo de su misión y, al mismo tiempo, del precio de su existencia. A partir de ahí, aprende a amar su tarea y a encontrar un interés en ella. Así, Camus propone al ser humano que busque su felicidad en lo absurdo de su día a día, al igual que Sísifo.

> «Pero Sísifo enseña la fidelidad superior que niega a los dioses y levanta las rocas. Él también juzga que todo está bien. Este universo en adelante sin amo no le parece estéril ni fútil. Cada uno de los granos de esta piedra, cada fragmento mineral de esta montaña llena de oscuridad, forma por sí solo un mundo. El esfuerzo mismo para llegar a las cimas basta para llenar un corazón de hombre. Hay que imaginarse a Sísifo dichoso» (Camus en Peña-Ruiz y Tejedor de la Iglesia 2009).

Para Camus, don Juan encarna lo absurdo al igual que Sísifo, ya que busca sin cesar la misma pasión efímera de la primera emoción amorosa y colecciona mujeres. Por el contrario, los suicidas quieren huir de lo absurdo de su condición a través de la muerte, en vez de vivir.

LA PESTE

Albert Camus ya habría tenido la idea de elaborar esta novela entre 1937 y 1939, y escribe una primera versión a partir de 1942, antes de redactar una segunda versión, la que conocemos, en los años siguientes. Esta se publica en 1947.

En los años 1940, en plena guerra de Argelia, una epidemia de peste se extiende por Orán y causa muchas víctimas. El doctor Rieux es testigo de ello. Ante el alcance de la catástrofe, Tarrou, que es extranjero en la ciudad y lleva a cabo una crónica de los acontecimientos, asiste al médico. Más tarde, el periodista Rambert se une a ellos. Cada personaje reacciona de una forma distinta frente a esta plaga. Mientras que el doctor Rieux intenta ayudar a los habitantes, Cottard aprovecha la epidemia para enriquecerse gracias al tráfico. Por su parte, el jesuita Paneloux interpreta la peste como un castigo divino. Unos meses después del inicio de la historia, la vacuna descubierta por Castel hace su efecto. A pesar de todo, Tarrou se ha contagiado y muere, al igual que Paneloux. En cuanto a Cottard, se vuelve loco. Entonces, Rieux, cuya mujer ha fallecido, se queda solo.

La peste pertenece al ciclo de la rebeldía, que también está conformado por la obra *Los justos* y por el ensayo *El hombre rebelde*. Al igual que el ciclo de lo absurdo le ha permitido desarrollar su pensamiento acerca de lo absurdo, este le permite exponer su respuesta a lo absurdo. Este primer libro del ciclo de la rebeldía, que fue el mayor éxito de Camus y que en gran parte le valió el premio Nobel de Literatura en 1957, se escribe en plena Segunda Guerra Mundial, lo que explica que, a través de la historia de la epidemia, se perciba la metáfora de una guerra. En efecto, aunque Camus habla de las epidemias reales que diezman Argel y Orán en 1944 y en 1945, son evidentes las alusiones al nazismo (equiparado a la enfermedad contagiosa), a la Resistencia (encarnada por los personajes de Rieux, Tarrou y Rambert) y al mercado negro (evocado a través del personaje de Cottard, el arquetipo del oportunista).

Pero esta novela también destaca porque el narrador se vuelve discreto. La identidad de este último está enmascarada durante gran parte de la historia, lo que crea un efecto sorpresa en el lector cuando por fin queda desvelada. Por otra parte, al igual que ocurre en sus obras anteriores, el escritor adopta un estilo neutro. Aquí, el objetivo es dejar todo el protagonismo a la historia que cuenta y no distraer al público utilizando un estilo demasiado cuidado estéticamente.

LA CAÍDA

Cuando Albert Camus escribe *La caída*, ha llegado a un momento decisivo de su vida. Ha superado la barrera de los cuarenta, se ha peleado con su amigo Jean-Paul Sartre y, sobre todo, ha vivido con mucha tristeza los problemas de la guerra de Argelia. Dado que se había manifestado a favor de una Argelia francesa más justa con los musulmanes, recibe críticas tanto de los franceses y de los *pieds noirs* (ciudadanos de origen europeo que vivían en Argelia) como de los de origen argelino. Así, es un hombre dolido y desilusionado quien escribe esta obra que, sin lugar a dudas, es la más pesimista de toda su bibliografía. Se publica en 1956.

Jean-Baptiste Clamence es juez penitente en Ámsterdam. Cuenta que antiguamente era un brillante abogado parisino además de un don Juan, y que estaba muy satisfecho consigo mismo y con la vida que llevaba. Pero un buen día, tras escuchar una risa detrás de él, se acuerda de que en el pasado fue testigo del suicidio de una joven y de que no intervino. Entonces, toma conciencia de su culpabilidad y, tras instalarse en Ámsterdam, se convierte en juez penitente. A partir de ese momento, confiesa sus pecados a la gente que conoce para que tomen conciencia de sus propias faltas. Así, se presenta como el espejo de toda la humanidad.

Un poco como hace *El proceso* (1925) de Franz Kafka, novela que sin lugar a dudas influye en Camus, *La caída* establece la culpabilidad fundamental del género humano. En ella, los hombres están representados como seres llenos de vicios, que siempre están dispuestos a juzgar a sus semejantes para sentirse mejor consigo mismos.

La originalidad de esta obra reside básicamente en su narración, en forma de soliloquio. El lector sigue una especie de diálogo-monólogo entre el protagonista, Jean-Baptiste Clamence, y un interlocutor que jamás toma la palabra. Por otra parte, la redacción de Camus aquí se vuelve lírica en sus descripciones del paisaje holandés, que acumulan adjetivos. De esta manera, el escritor contribuye a moldear el carácter de su protagonista, un personaje distinguido y muy elocuente a quien el decorado amsterdamés le sienta a la perfección. No solo su frío gélido, su lluvia desagradable y su sempiterna neblina constituyen una atmósfera ideal para un hombre que busca flagelarse, sino que, además, con sus canales y sus círculos, la ciudad holandesa se parece extrañamente al infierno que Dante Alighieri (1265-1321) describe en su *Divina Comedia* (1307-1321).

ALBERT CAMUS, UNA FUENTE DE INSPIRACIÓN

Albert Camus es el heredero de Dostoyevski y de Kafka, a los que admira enormemente, y, además, también se ve influido por autores de su época como Sartre. Pero él mismo deja una huella imborrable en la literatura francesa y mundial. En efecto, muchos son los escritores que siguen sus pasos.

En especial, los autores del teatro de lo absurdo se basan en su filosofía. Este nuevo tipo de teatro, que nace como reacción a las atrocidades de la Segunda Guerra Mundial, rechaza la coherencia del teatro occidental tradicional y la construcción psicológica de los personajes. En la práctica, sus representantes se inspiran en Bertolt Brecht (1898-1956) y en su interés por la introducción de los temas sociopolíticos en discursos metafísicos, así como en Antonin Artaud (1896-1948) y en su concepción del teatro total. Sin embargo, en el plano teórico, se remiten directamente a la falta de sentido de la existencia que desarrollan Sartre y Camus. Los autores más famosos de este movimiento son Samuel Beckett (1906-1989) con *Esperando a Godot* (1949), Arthur Adamov (1908-1970) con *La parodia* (1949), Eugène Ionesco (1909-1994) con *La cantante calva* (1950) y Jean Genet (1910-1986) con *Las sirvientas* (1947). Todas estas obras abordan lo absurdo gracias a unos diálogos incoherentes, una temporalidad fragmentada, unos personajes inconsistentes y una ausencia de trama.

Aparte del teatro de lo absurdo, Camus también influye en la obra y en el pensamiento personal de distintos escritores y filósofos. Así, el dramaturgo estadounidense Arthur Miller (1915-2005) escribe una especie de secuela de *La caída* en *Después de la caída*, una obra de teatro que también plantea el problema de la responsabilidad del hombre frente a sus semejantes. A partir de la historia de una pareja particular, Miller propone una reflexión sobre la humanidad entera que recuerda a la novela de Camus. Además, la protagonista de la obra de Miller explica que ha intentado suicidarse y que quien evita su acto es un soldado con una sola pierna. Esta anécdota se presenta como un espejo invertido del texto de Camus, en el que Clamence asiste al suicidio de una joven sin reaccionar.

| Retrato del dramaturgo Arthur Miller.

Asimismo, Albert Camus deja huella en el escritor francés J. M. G. Le Clézio (nacido en 1940), que recibe también el galardón del premio Nobel de Literatura (en 2008). Su primera novela, *El proceso verbal* (1963), se acerca mucho a *El extranjero*, tanto desde un punto de vista del contenido como del estilo. La obra cuenta la historia de un hombre marginal que busca disfrutar de las cosas sencillas de la vida y termina internado en un manicomio.

Para acabar, en el ámbito de la filosofía, el pensamiento de Camus impacta especialmente en los franceses Bernard-Henri Lévy (nacido en 1948) y Michel Onfray (nacido en 1959). El primero hereda de Camus su visión de la ausencia de sentido de la existencia, su desesperanza ante la violencia indisociable de los conflictos humanos y su rechazo de los totalitarismos. Él también busca luchar contra las absurdeces inherentes a la humanidad, a través de una actitud de revuelta y de resistencia humanista. Por su parte, Onfray, al igual que Camus, opta por la concepción de un mundo sin Dios y, por consiguiente, predica el disfrute de los simples placeres sensoriales durante la vida, que es el único bien que el hombre posee.

EN RESUMEN

- Albert Camus crece en la miseria en Argel. Su madre es parcialmente sorda y analfabeta, mientras que su padre muere durante la Primera Guerra Mundial, cuando el futuro escritor tiene tan solo un año. El autor siempre reivindicará sus orígenes humildes y siempre estará muy ligado a Argelia.

- Aunque se situó cerca de los existencialistas, en particular de Jean-Paul Sartre, Albert Camus desarrolla una filosofía un poco diferente a la suya, la de lo absurdo. Se basa en ser conscientes de la ausencia de sentido de la vida, en la que sugiere buscar la felicidad sin violar los valores humanistas.

- Camus obtiene el premio Nobel de Literatura en 1957 por el conjunto de su obra. Escribe tanto ensayos como obras de teatro, novelas cortas y novelas. Sus obras más famosas son las novelas *El extranjero*, *La peste* y *La caída*, así como el ensayo *El mito de Sísifo*.

- Albert Camus, que vive un periodo particularmente oscuro de la historia de la humanidad, marcado por las dos guerras mundiales, siempre se posiciona contra la violencia y por el respeto de los derechos humanos. Denuncia los fascismos y las derivas del comunismo, y también el uso de la bomba atómica.

- Camus está considerado uno de los mayores escritores franceses del siglo XX y deja una huella imborrable en la literatura. En efecto, muchos son los autores que siguen sus pasos, sobre todo los representantes del teatro de lo absurdo, Beckett, Adamov, Ionesco y Genet, el dramaturgo estadounidense Miller o, también, Le Clézio.

¡Tu opinión nos interesa!
¡Deja un comentario en la página web de tu
librería en línea,
y comparte tus favoritos en las redes sociales!

PARA IR MÁS ALLÁ

FUENTES BIBLIOGRÁFICAS

- Boutot, Alain. 1991. *Heidegger*. México D.F.: Publicaciones Cruz O, colección *¿Qué sé?*

- Camus, Albert. 1971. *La Chute*. París: Gallimard.

- Camus, Albert. 1972. *La Peste*. París: Gallimard.

- Camus, Albert. 2013. *L'Envers et l'Endroit*. París: Gallimard.

- Camus, Albert. 1971. *L'Étranger*. París: Gallimard.

- Camus, Albert. 1990. *Le Mythe de Sisyphe*. París: Gallimard.

- Camus, Catherine. 2013. *Albert Camus. Solitaire et solidaire*. Neuilly-sur-Seine: Michel Lafon.

- Chabot, Jacques. 2005. *Albert Camus. "La pensée de midi"*. Saint-Rémy-de-Provence: Édisud.

- Cortés, Félix Jaime. 2008. "Por si sirviera de desagravio". *Algunos libros buenos*. 28 de febrero. Consultado el 5 de octubre de 2017. http://libros-decabecerafelix.blogspot.be/2008/02/

- Costes, Alain. 1973. *Albert Camus ou la parole manquante*. París: Payot.

- Daniel, Jean. 2006. *Avec Camus. Comment résister à*

l'air du temps. París: Gallimard.

- Forest, Philippe. 1995. *Étude de L'Étranger*. París: Marabout.

- Fredericks, Pierce G. 1964. *L'Histoire vécue de la guerre 14-18*. París: Marabout.

- Gaillard, Pol. 1972. *La Peste. Camus*. París: Hatier.

- Hereng, Jacques y Carlos de Veene. 1999. *Le XXe siècle*. Bruselas: éditions Artis-Historia.

- Hertzog, Gilles. 2012. "BHL camusien". *Bernard-Henri Lévy*. 29 de julio. Consultado el 2 de octubre de 2017. http://www.bernard-henri-levy.com/bhl-camusien-30454.html

- Jalons. Version découverte, "Le théâtre de l'absurde", 1978. Consultado el 2 de octubre de 2017. http://fresques.ina.fr/jalons/fiche-media/InaEdu01330/le-theatre-de-l-absurde

- Lagarde, André y Laurent Michard. 1973. *Le XXe siècle*. París: Bordas.

- Lebesque, Morvan. 1977. *Albert Camus par lui-même*. París: Seuil.

- Le Clézio, Jean-Marie Gustave. 1973. *Le Procès-verbal*. París: Gallimard.

- Legros, Georges. 2007. *Grands Courants de la littérature française*. Averbode: Altiora-Averbode.

- Messadié, Gerald. 2012. "Albert Camus version Michel Onfray". *Salon littéraire*. 12 de septiembre.

Consultado el 2 de octubre de 2017. http://
salon-litteraire.linternaute.com/fr/albert-camus/
review/1800255-albert-camus-version-michel-on-
fray

- Onfray, Michel. 2013. *L'Ordre libertaire. La vie philosophique d'Albert Camus*. París: Éditions 84.

- Peña-Ruiz, Henri y César Tejedor de la Iglesia. 2009. *Antología laica. 66 textos comentados para comprender el laicismo*. Salamanca: Ediciones Universidad de Salamanca.

- Rey, Pierre-Louis. 1970. *La Chute. Camus*. París: Hatier.

- Sauvage, Pierre. 1990. *L'Étranger. Albert Camus*. París: Nathan.

FUENTES ICONOGRÁFICAS

- Fotografía de Jean-Paul Sartre en 1950. La imagen reproducida está libre de derechos.

- Fotografía de Albert Camus tomada en 1957. La imagen reproducida está libre de derechos.

- Jean-Paul Sartre y Simone de Beauvoir hablando con el Che Guevara en 1960. La imagen reproducida está libre de derechos.

- Albert Camus en 1957. © Robert Edwards.

- *Sísifo*, obra de Tiziano realizada entre 1548 y 1549, y conservada en el Museo de Prado de Madrid. La imagen reproducida está libre de derechos.

- Retrato del dramaturgo Arthur Miller. La imagen reproducida está libre de derechos.

50MINUTOS.es
Historia
Economía y empresa
Coaching
Book Review
Salud y bienestar
Arte y literatura
EL DIAGRAMA DE ISHIKAWA
Material
Método
Máquina
Madre Naturaleza
Medida
Hombres
LA GUERRA DE PALESTINA DE 1948
DOMINA EL ARTE DEL NETWORKING
¡APRENDER NUNCA ANTES FUE TAN RÁPIDO!
www.50minutos.es

www.50Minutos.es

ISBN ebook: 9782806298119

ISBN papel: 9782806298126

Depósito legal: D/2017/12603/308

Libro realizado por Primento, *el socio digital de los editores*